# 愛情

# 物語

山本常之

文芸社

# 目次

# 松子と私

平成四年三月、岡本鉄工所に事務員として入社してからやっと七ヶ月が過ぎた頃のことです。会社が二度目の不渡りを出して倒産の宣告を受けました。十月十日のことです。松子は、心はやさしいのですが、気性は男勝りで、俗にしっかり者と言われる子です。入社七ヶ月目の倒産は運が悪いとしか言いようがありません。この鉄工所には、私も出資しておりました。会社は早速更正法の手続きを裁判所に申請しました。

私は画業を生業《なりわい》とし、一方で人生観の研究を続けておりました。人生で一番大切なものは何かと言えば、人それぞれの答えが出るのは承知ですが、大抵は自己中心的な答えの人が殆どです。しかし、すでに老境に達した私は、人の命の方が大切と答えます。人の命に勝るものは、何もない。家が焼けても、また建てられる。大きな怪我をしてもいつかは快復する。人の命は、その人一代限り、再び戻ることは決してない故、命以上に人間にとって大切なものはないと考えております。

また、男と女に関する恋愛に関しても、こう考えます。

人間の男と女は、動物という観点からも他の動物と比べ、子孫を残す方法においてやや複雑な筋道を取ります。恋愛が遅々として進まぬうちに、やがて手を繋ぎ語り合い、自分の性格などの話し合いなどをして、主として自分の気持の上で「この人は感じのいい人だわ」と思い、ようやくお互いを選ぶのです。

結婚となると、これにもう一つ見合いという手段が加わります。これはある男女、何にも知らぬもの同志が、紹介で知り合い、そこから恋愛を経て結婚するというケースですね。どちらが良いとも悪いとも申せません。どちらでも良いのですが、恋愛から入る場合は、ともすれば自己本意に陥りやすくなるケースが多く見られて、他の人の事は知らぬ顔になり、少し疑問が残ります。

見合いの場合は、全然知らぬもの同志が結婚に至るまで、かなりの日数がかかります。その間、二人の間には目にみえぬ愛がめばえてくるのです。恋愛は好きな人、可愛い人、気に入ったということから入って結婚となりますが、見合いの場合も愛を深めるという点で恋愛結婚に勝るとも劣らないと思います。また、妻を愛するとも言います。夫を愛するとも良く言います。しかし、本当は自分の周辺の事はおろか、他人でも困っている人があれば助けてあげたり、また救いの手を差しのべたり、人・動物に限らず愛をもって助けるのが本当の愛情なのです。最近では、こうした愛情は、あまり見られません。

松子は、どうなったのでしょう。会社に入社するやすぐ失業者となり、全く運の悪い子です。しかし仲々の頑張り屋で、あちらを当り、こちらを当りして、パートなどでなんとか生活は出来ているようです。しかし安定した仕事はなく、倒産で失業した人も沢山いるのだからなどと、半ば諦め気味でした。そう世の中あまくはない。

困りはてた松子はある日、さてどうしようかと職安の方に歩いていました。

「おーい、そこに来るのは松子ではないか」

「あー、おじいちゃん、すみません。松子です」

「お前、あの会社に勤めたのではなかったのか」

「はい。一度入社出来たのですが、七ヶ月で倒産でしょう。パートで食べていてもおちつかないの」

「そうか。今こんな事をしている場合と違う。お前の亭主が金を使い込んで逃走したというではないか。お前にもすぐ呼出しが来るよ。すぐマンションを引きあげるのだ。月十万円もする所におれるのか。早く引越すのだ」

「どこへ」

「私のところしかないだろうが」

「えー、私、おじいちゃんの所に引越してもいいの。あー、うれしい。

これで家賃も電気もガス、水道も、助かるわ」

女らしく毎日の費用のことを考えて喜んでいた。

「私って、ついてるのね」

「何がだ」

「何がだって、失業して住む家もなくなったと思ったら、おじいちゃんの家があって、引越して来いと言われたから」

「馬鹿、一年も便りせず、よくも言えるな」

「すみません、ついうっかり言うの忘れてしまって」


松の旦那というのは会社の経理の仕事をしており、会社の状況を一足早く知る立場にいた。危ないと知るや少しずつごまかして一億五千万円の金を持ち逃げしてしまった。

松子は同居しているとはいえ籍は入れておらず、事実婚だったのですが、警察が来て、家から千五百万円が出て来たので引張られてしまったのです。ちょうど、おじいちゃんの所に引越した翌日のことでした。

本格的に刑事裁判になり、開廷が後二日に迫っていました。始まったら、もう家には帰れません。拘置所に留置され、判決が済むまで、そこから裁判所にマイクロバスで通わなければなりません。

裁判は意外に早く進みました。それはそうです。松子は何の抗弁もせずに、共犯であることを認めてしまったのです。

遂に、松の判決の日がきました。

主　文

本城松子　二十五歳

懲役一年三ヶ月　追徴金一千五百万円

右のとおり　言い渡す。

理不尽とも言えますが、服役の場所は○○女子刑務所に決定しました。

# 女子刑務所

「松よ覚悟をしとけよ。名代のきびしい所だ。入ってから中の古いのが、二、三人で新入りから金を取りあげてしまって、自分らで分けてためてゆくのが習慣になっているらしい。その金を布切れに石ころと一緒に包み高い塀を目がけて外に投げる。馴れたもので、そうすると食べ物が外から飛び込んでくる仕掛けになっていて、古参の者のみが食べて、仕事をよくする者には少し分けてくれるという。その他の者は、水でも飲んで見ている。お茶なんてあるわけがない。『ばば』のところで貰って来いということになる。番人のばあさんが買収されて、お茶をもってくる。悪知恵を働かしてうまく、やっている者はいいが、その他の殆どは毎日仕事に追いやられ、ちょっとでも手を緩めると鞭がびしりと飛んできて『み、ずばれ』のように腫れあがる。手といわず足といわず、赤い斑点が足の先まで、真赤に腫れあがる。一週間も持たないというのはあたりまえのこと、四日に一人は首を吊り死ぬと言うぞ」

おじいちゃんは、まるで江戸時代の牢屋のような話をして、松子を驚かせました。しかし、今にして思えば、それぐらい厳しい所だから身体に気をつけろよと言ってくれたのでしょう。

松子は衣類や身の回りの物を支給されると、刑務所の規則の説明を受け、具体的な作業を指示されました。

「アンタは雑用だったわね。まあいい方よ。庭の掃除や塀の掃除をゆっくりして、のんびりやると日が早く経つよ」

親切に教えてくれる人がいました。

「松は良い人にあえてよかったわ、梅ちゃんは4号で私は隣の5号よ」

こんな人もいるのだから心強いと松子は思いました。

仕事の第一日は終り、やっと夕食の時が来た。——鉄の小さな窓を開けておぜんを差し入れるようになっていて、食べ終ったら、またそこから出す。しかし、良い事ばかりではない。慣れぬ作業のため身体のあちこちが痛む。夜はタオルを濡らして痛む箇所を冷やしていたが、ズキンズキンして寝ることが出来ない。これからもまだまだ辛いが、頑張っていこうと心を引きしめてやっと眠りにつくことが出来た。

二時間おきに刑務員が回って来て、起きていたらおこられてひどい目に遭う事を聞かされていたし、厳禁されているとはいえ、私的制裁などもあるという。

翌日、松子はハシゴをかけて高い壁の上から下へと拭き掃除の仕事をしていた。下の方でハシゴがゆれて松子はハシゴもろとも下に落ちた。幸い大した怪我はせずに済んだのだけれど。

「毎日何かが起る。これがこの女子刑務所です」

と刑務員は言っていた。

日曜日は作業が休み。しかも、嬉しい月に二度の面会日だ。今日は松子にとって初めての面会の日。皆も心をおどらせてそれぞれに集まっています。

「今日、おじいちゃん、来てくれるかな。私のこと少しも怒らんと、荷物を全部預かってくれて狭いのとちがうのかな」

やがて鐘を合図にどっと面会人が入って、思い思いの場所を探して散っていく。松は、おじいちゃんを探し、

「まだ来ない。来てくれないのかな。そんなことはない」

と独り言を言っていました。

そんな時です。おじいちゃんは腰を痛めているらしく杖をついて、ゆっくりと歩いて門を入ってくる姿が見えました。松子は駆け寄って、おじいちゃんに抱きつきます。

「よく来てくれて、ありがとう。あーん。私、辛い、本当に辛いよ」

涙が頬をつたい、ぽとりぽとりと落ちる。

「おじいちゃん、私、おじいちゃんが来るまで持つかな、と思ったの。一回の面会もせずに死んだら、おじいちゃん泣くだろうなと、やっと踏

みとどまったわ。おじいちゃん、なんで、こんな所にいなくちゃならないの？　私、悪いことしてないわ」

松子は、ただ泣くばかりだった。涙がかれるかと思う程、泣き続けた。

「泣きなさい。そしたら後で楽になる、涙が出なくなる、分かったか」

「うん、分かった」

「でも人間って弱いのね。でも、おじいちゃんが来てくれて、こんな嬉しいことはないわ。もしも来てくれなかったら、この次は、会えないかも知れないと思っていたの」

「また十五日したら来るよ。そう悲観して悪い方ばかりに考えるものではない。元気を出して。何か欲しい物はないか」

「うん」

「おじいちゃんの写真をもって来て。おじいちゃんと一緒なら淋しくないから。きっとよ」

「探して、持ってくるよ。今日は、遅くなって、すまなかったな。松よ
……」

「なあに」

「お前も、だんだん立派になって来たよ」

何分わかっていない。そのことは、この次に話そう。

面会の時間が終ると門のあたりで、また泣き声が響きわたる。世の中にこのような哀れな所があるのを多くの皆様は知りますまい。


それから私の腰も少し快くなったので、松の仕事を探しに行こうかと思ったが、知り合いを尋ねても、車に乗れぬ者は駄目だよと言われるばかり。出来たら車を買って、乗れるようにすることが先決だなと思った。

そして家の片付けが先だと気づいた。松の荷物もそのままだし。すっかり片付けたら、案外広くて六畳と八畳位の部屋が出来上がった。松が帰ってきたら喜ぶぞとひとり呟《つぶや》いた。

やがて、二回目の面会日が訪れた。松子は一番先に来て待っていた。今日は私も早や門の近くまで来ていた。門の外には出られないので、話すのも思うようにはいかない。

私は、約束の写真、そして、今日は差し入れに寿司を買ってきていた。

「わあーうれしい、私、寿司が好きなの。どれから食べようかな」

と早速一口食べて、

「ああおいしいわ、こんなの食べられて幸せだなあー。私、ひさしぶりだわ。穴子に平目、どれもおいしいわ」

松子は顔をくしゃくしゃにし、また涙を見せた。顔に手を当て、

「おじいちゃん、ありがとう。こんなに幸せなことは初めてなのよ」

「ほんとうに、自分のことばかり考えていた時は、人のことには気がつかず、憎まれ口ばかり言って困らせたわ。おじいちゃんの温かい気持に触れて、私も自分のことだけでなく、他人《ひと》のことも本当に考えなきゃいけないと思いました」

「松、よく言った。今、松が言ったことをおじいちゃんは待っていたのだ。その言葉こそ、人間が持つ最高の愛なのだ。忘れるな」

人間は、自分を愛する前に他人を愛さなければならない。そうすればその人は自分を愛してくれる。このことは、恋愛に限らない。

愛とは、どんな動物でもどんな人でも愛すること、そして、情けとは人にも犬・猫にも情けをかけてやること。これが愛情だ。これさえ出来たら、もう恐いものはない。自分が食べるより、人に与える精神を忘れるなということだ。人は必ず自分に与えてくれる。この愛と情けを私は愛情と名付ける。この愛情がある限り、夫婦が別れたりすることはない。永遠に続くのだ。

「松よ、今のその心を決して忘れるでないぞ。他人を愛することは自分も愛することにつながるのだ。キリスト様が飢えた動物に自分の太腿の肉をそいで食べさせたのも、この愛なのだ。世に名を残している人々は、すべて愛と情けによって動いている。恋愛で結ばれた人にはこの心が少ない。なぜなら自己を中心に考え、自分の一生が終ってしまうからだ」

松子と私は他人で、しかも非常に不仲が長く続いた。それでも、私達には根底に愛情があったから、そのために松子もひかれて、ついてくるようになり、その松子も愛情を知った。これで松子はどこにいても、私とは離れることはない。

「もう一ヶ月したら保釈で出てこられるぞ、松」

「おじいちゃん、保釈ってなんなの。一体何」

「松が使い込んだお金を役所に返すのだよ。返せない人はまだ拘置所に残っているが、松は出てよろしいということだ。後一ヶ月務めるのだぞ。わかったな……」


悲しい出来事もありました。隣にいたやさしかった梅ちゃんが首を吊って、昨夜死んでしまったのです。松は悲しみに暮れました。

「あのやさしい良い人が、なぜ死んで行くの。何があったの」

「刑期も長いと聞いていたし、心のどこかで、たえきれなかったのだろうか」

松は泣きくずれるばかり。

「梅ちゃん、なんでなの」と心の中で呟いていました。

人の死をかくまで悲しんだのは松子も初めてのことです。

おじいちゃんから教えられた愛と情けを、松子が立派に身につけたからこそ、他人事《ひとごと》とは思えなくなったのです。

自分に置きかえてみたのでしょう。人の世によくあることですが、他人、しかもやさしくしてくれた人の死は相当こたえたのでしょう。

しかし、「私には、おじいちゃんがいるから心配はない」とばかりに、また気を取り直し、松子は元気にまた働き始めました。


そうこうして日は経ち、時は流れて、とうとう三十日が経ちました。

明日は、待ちに待った保釈金を払った者から家に帰れる保釈の日です。

皆、喜ぶのも、あたりまえ。しかし全員が帰れるわけではない。罪の重い者、保釈金が払えない者は残される。

今日も青空で良い天気だ。門が開いた、どっと押し寄せる。係の前は人で一杯になっている。おじいちゃんは後ろの方で杖を振ってくれていた。松子は飛びあがり、喜こんで、涙を流した。待ちに待った我が家に帰れるのだ。泣きながら、おじいちゃんの来るのをいまかいまかと待っていました。

「待たしたな。もう心配はいらんぞ。もう私から離れるんじゃないぞ」

「本当に悲しい涙を流したこともあったの。仲良しの梅ちゃんが死んだのよ。おじいちゃん」

と泣きながら語るのでした。

「そうか、あの子がね、何か心の中に解けぬ迷いでもあったのだろう。人にはいつしか死が訪れる。冥福を祈ってあげなさい」

「梅ちゃん、さようなら、私、忘れないわ」

「松、ちょっとここで待っているのだぞ、迷子になると困るから。手続きをしてくるから」

と、私は係の人に保釈金千五百万円を渡し、領収書に証明書、その他、一年間の執行猶予の証明書を貰って、万事終りとなった。

「松、待たせたな、さあ、終った。もう自由に暮らせるぞ」

「おじいちゃん、もう本当に来なくていいの」

余程こたえたと見えて、松には本当とは思われない三ヶ月だった。

しかし、この女子刑務所の辛かった務めを終えたことにより、これから起きる苦しいことを乗りこえることが出来て、最後には日本一の女性になることが出来るのですが、これは後日のこと。

二人は、我が家に辿り着きました。松子はと言えば、

「きれい。どうしたの、同じ家なのよね。おじいちゃん、一人でやったの」

「いや、ヘルパーさんにも、片付けを頼んだ。帰ったら、すぐ暮らせるようにと思ったんだ。松よ、四、五日、身体を休めて、後はそれからのことだ」

「私、まだ夢のようよ。おじいちゃんに会えて本当に良かった。もし、一人きりだったら、私、働けなかったよ。泥棒でもして捕まって、またあそこに入れられていたかもと思うと、ぞっとするわ」

「私、お願いがあるの。私、ずっとここに置いてほしいの。お願い」

「そんなことか。お安いことだ。あっちの方が少し広そうだから、あちらを使うと良いよ」

「ありがとう！　うそみたいね」

# 再出発

そして一、二週間おいて松子を連れて車を見に行った。適当なのを一台百万円で買って、翌日から教習所へ通うことにした。

「人に怪我をさせぬように。自分の怪我はいいが、人には気をつけて。しっかり練習してくれよ」

と、しばらくは訓練にあけくれた。

一ヶ月余り経ち、もう松子は、しっかりと一人前に車の運転が出来るようになったので、早速、職探しに連れ出した。

私がかねてより目をつけておいた喜美ちゃんを尋ねることにしたのだ。そこは大手のスーパーマーケットで二十四時間制、かなり名の通った所なので、求人があるかと思った訳です。

「ここはね、私が絵を画いたものを写真にとって、それを一枚一枚コピーにしてくれた所なんだよ。この人は大嶋喜美ちゃんと言うの。お兄さんが店長さんで、見た目はこわそうな人だけど、心のやさしい人で、よく流行り、昼は特に忙がしいから働き甲斐があると思うのだ。第一番に、ここを選んで頼んでみたかったのだ。それで来たんだ」

「おじいちゃんって、どこでも良く知っているね。顔が広くて、心は優しくて、誰にも好かれる人なのね」

「まあ、おじいちゃん、今日はどうしたの。娘さんなんかを連れてきて。あら、私、この人どこかで見たわ。知っている。本城松子さんでしょ」

「はい、そうです」

「おじいちゃんがね、よく、貴女の写真のコピーを取りに来るのよ。おじいちゃん、あんたが、余程、気に入っていると見えて覚えていたわ。ごめんなさい。私は大嶋喜美子と申します。よろしく」

松子はただ唖然としていました。

「こんな立派なスーパーを経営している美しい方、おじいちゃん、どうして、こんな人達にも好かれるのかな。おじいちゃん、何故なの、松にも教えてよ」

「それはね、愛情があるから。この喜美ちゃんにも、私の愛情がちゃんと通じているから」

「何でも心安く言ってくれるでしょう。この頃、だんだんと馴れてきてより親しくなってると、私は感じているのよ。恋よりも大切なのは愛情なのよ。それで、おじいちゃん、その松ちゃんを連れて、どうしたの」

「いやね、この子、今、失業中でどこか働かせてくれる所ないかと探しているんだよ。喜美ちゃんとこはスーパー同士で取引きのあるだろうし、もしかして　どこかにあきがないかと思って、まず喜美ちゃんの所にきたんだ」

「あーそう。わかったわ。ちょっと待っててね」

「おじいちゃん、あの方、美しい人ね、私、敗けちゃうわ」

「それはしかたがない。松、刑務所で痛めつけられたものと較べるのは無理だよ」

「そんなに私、ひどくなってる」

「いや、そういう意味じゃないよ。もともと美人コンテストに出たぐらいだから、松だってたいしたものだよ」

「あーよかった。でも、おじいちゃんには本当におどろいたわ。あんな若い美人と親しいなんて、私おどろいているわ」

しばらくして喜美子が戻ってきた。

「お待たせしました。ちょうど良かった。お兄ちゃんは、近く政子さんという子が東京に行くので一人欲しいと思っていた所で、おじいちゃんが保証人なら心配ないわ」

「良かったなあ。いっぱつで採用が決った」

「車には乗れる？　そう、それは良かった。それじゃ今日は帰って、明日、また来て。くわしいことはその時にね。たいしたことはないのよ。安心して。おじいちゃん、また来てね」

と笑顔を浮かべながら言った。

「喜美ちゃんは、必ずおじいちゃん、また来てね、と言う。商売のくせ、習慣になっているのだよ」

「喜美ちゃんて、もてるのね。私、少しやけるわ。おじいちゃん、喜美ちゃんの方が好きなのでしょう」

「まあ、そう言うな。喜美ちゃんは、商売をしているから。ああ言うのが口ぐせになっているんだよ。松よ、誤解してはいかん。私はどちらも好きだから。そう言うな。しかし就職が決まって良かった。しかも一番いい店だ。今日はお造りで一杯やるか」

「おじいちゃん、お酒、飲めるの」

「お前は駄目か。いや私は、前によく飲んだものだ。家に帰ろう」

「……」

「おじいちゃん、今、何て言ったの」

「お前ね、私の子供にならないかと言ったの」

「それ本当なの。あー、うれしい」

と松子は飛びあがって喜んだ。刑務所へ一遍入ると戸籍がよごれて消えない。結婚はむつかしい。私の子になって、と言われて喜こぶのは、当たり前のことで、

「おじいちゃんの子になる。そして、沢山孝行をするわ。命の恩人だものね」

翌日、松が店に行くと、

「今日は商品の棚卸し。面倒だから明日から来て」

と喜美子が言う。

松子は何かあるのか、しめたとばかりに家へ急いだ。そして家に入るなり、大声で言った。

「おじいちゃん、今日は神社へ行きましょう」

「何んでだ」

「昨日、言っていた養子のことよ」

「それはわかったが、仕事はどうした。ことわられたのか」

「いいえ、そうじゃないの。棚卸しでややこしいから、明日からと言ってくれたの。だから、今日は大安で日もいいから。手続は知っているし、すべてまかせて」

と松子は突拍子もないことを言い出したのだ。松は一枚の紙を取り出し、

「おじいちゃん印鑑をお願いします」

と言った。

それは、養子縁組ではなく、何んと婚姻届だった。まず神前で誓い、

それから市役所に行くつもりなのだろうか。

堂々とわるびれもせず、少しも臆することなく、松子はやってのけた。愛情の為せる業か。ここに大きな花を咲かし、実を結んだのだ。

私はただ面食らうばかりだった。

「年齢なんて関係ないわ。養子になったら、何時か縁談があり結婚があるわ。私は、この人しかないと思ったから届け出を変えたの、私はこれでいい」

愛情に年齢は関係ない。これで私も安心して死を迎えることが出来るとさえ思った。

「おじいちゃん、一人で決めてすまないと思っているの。だけど子供になったら、私も年頃だし、結婚したら、おじいちゃん、また一人になってしまうのよ。だから、私、おじいちゃんのお嫁さんになることに決めたの。ごめんね」

と松子は繰り返した。一人で決めたのだ。松子は実に立派な心に成長した。

やはり苦労したことが、ここでも花を咲かすことになった。これからは、私の妻として暮らすのだ。


それまでと違った生活が始まった。松子はおじいちゃんを風呂に入れて、身体の隅々まできれいに洗い、そして新しい着物に着替えさせてから、自分が後で入るなど、すっかり妻としての道を歩み始めた。

「おじいちゃん」

「なんだ」

「私、おじいちゃんの所に一緒に寝かしてくれる」

「いいよ」

松子は目に大きな涙のつぶを浮かべていた。

「おじいちゃん、本当にありがとう。私、もしおじいちゃんにあのまま毒づいて、いやがられて離れてしまっていたら、こんな幸せは掴んではいない。つまらぬ男に引っかかり考えもなしに一緒に暮らして、子供が出来てなかっただけでも、良かったと思ってるの。でも、あの刑務所のことは……」

「ふうん、ふん」

「おじいちゃん、私、思い出しているの。そうだなあー、あの時が私の一番、苦しい時だったのだからね。おじいちゃんに助けられて一年余り、こうしてこの家の中で寝かせてもらっても、私に指一本もさわらず、どうしてたの。もう年を取ると駄目になっちゃうの。私、淋しかったけど、年だからと思っていたの」

「そうか、そのことを思うのは、当然だ。私は七十歳頃から、その方は、余り縁がなくなってしまって、松にすまんと、思っているよ。それより子供はなくとも、お前と結婚したことは、私も若い気分にしてくれ、有難く礼を言います。松のお陰で長生きが出来そうな気がしてきたよ」

「そうよ。お父さん。しっかり食べて、運動もして、もっともっと生きて、日本一の長生きの記録を作ってよ。松子はお父さんの健康を何よりも願っているのよ」

「そうか、ありがとう。何と言っても、まず健康が第一だからなあ。よし、頑張るよ。人のためにもっと色々としたいからね。あっと人が驚く絵も画きたいし、まだまだ死ねないぞ」

「そうよ。その意気で元気を出してね。いつか暇を見て、どこか静かな所に旅行でもしましょうよ」

「それもいいね。松はどこがいい？」

「私ね、城崎温泉が好きで、一度連れていってほしいわ」

「そうか、それなら身体の調子をみて行こうか。あそこは日本海の魚がおいしい所と聞いている。一度は行きたいと思っていた所だから行ってみるか」

# 城崎へ

二週間後、二人は京都から山陰線の人となった。日本三景の一つ「天の橋立」に立ち寄り、天に橋がかかったと錯覚させる「またのぞき」を松子にも見せた。

「どうだ松よ、見た感じは」

「お父さん、そうね、空に橋がかかったように見えて、すばらしく、きれい。自然の力ってすごいのね。いい眺めだわ。やはり日本三景の一つと言われるだけのことはあるわね。また一つ賢くなったわ。お父さんありがとう」

そして成相寺《なりあい》、西国三十三ヶ所の第二十八番の札所にお参りをした。ここには左甚五郎の作と言われている、真正面の龍の彫刻が山門の上にかかげられていて、多くの参詣の人を楽しませていた。

波の音、松のひびきも成相の、風吹きわたす天の橋立

そよ吹く風に御詠歌が流れ、すがすがしい気分になり心も洗われた二人は、「来てよかったね」と顔を見合せてにこっと笑った。

いかにも楽しい旅の始まりである。二人は天の橋立を後にして、山陰線に再び乗車して城崎へ向かった。途中、日本一高い余部の鉄橋を通り、列車は目も眩むような高さをゆっくりと通過して城崎に向かう。

まずは旅館に着き旅の疲れをとることとした。城崎には七場の外湯がありあます。二人は旅館の人に聞いて一の湯に足を運びました。一風呂浴

びて、旅の汚れを洗い流して、くつろぎ、大きくアクビをしたり、旅の楽しみにしばしひたります。

旅館に戻ると、このあたりの名物のカニや海の幸がずらりと並び、見るからに豪華なお膳に二人はのどを鳴らすのでした。

「松よ」

「はい」

「このあたりは、海の幸に恵まれている。魚がうまいそうだ。特に松葉ガニと言って一つが何千円もするそうだよ、いただくとしようか」

「そうですね。私も初めての松葉ガニです。おいしそう」

と一箸食して、

「お父さん、すごくおいしいよ。あまくて歯ごたえもあり、口の中でとろけるようよ。これなら、いくらでも食べられるわ」

「そうだなあ。海際の所だけに魚はおいしいし、この辺の人々は恵まれているね。旅の楽しみは、食べることにあると言う位だから、しっかりお食べ」

「はい、いただいてます。もうお腹が一杯で食べられないわ」

「そうか」

「よく食べられて良かった」

天の橋立、そして温泉街城崎の旅は、七湯巡りこそ出来なかったが、二人の今回の旅は、常日頃の疲れを取るのに充分だった。

旅館の人の「近くにある生け簀に平目、ハマチがたくさん泳いでいて、魚釣りが楽しめますよ」との案内に誘われて、二人は魚釣りを楽しんだ。

餌はエビの生きたものを針に付け、入れると早速、ぐっと引きこんだ。

「松、上げるのだ」

私の声に松は竿をあげると見事な鯛がおどりながら上がってきた。

「お父さん、釣れたわ、鯛よ」

「松、よかったね」

「お客様。三匹まで釣ったものをおみやげにして下さい。サービスです」

と言ってくれたので、松子も私も再び竿を入れて、とうとう二人で鯛を四匹、ハマチを二匹釣り上げた。まさに大漁で、カゴに入れてくれた魚を持って帰ることにした。

山陰線に乗って京都に向かい一休み、東海道線に乗りかえて大阪に向かうことにした二人は、旅の思い出に話が弾んで、笑顔がこぼれて、いかにも楽しかった今回の旅を振り返りながら家路についた。

家に着いて、私は、さすがに疲れを感じた。

「松よ、わしは少し疲れた。ふとんを敷いてくれないか」

「はい、只今」

松はふとんを敷いて私を寝かせてくれた。自分は洗いものをして、我が家の片付けを済ませた。

そして自分も隣にふとんを敷き、

「お父さん、ありがとう。私は幸せです。いつまでも達者でいてね。そして長生きをして下さい。私、おじいちゃんが死んだら、どうしよう。私は本当に恵まれて、こんな人、ほかにないでしょう。私はおじいちゃんを離さない。それにしても、いつまでもと言うわけにはいかないわ。私が三十歳の時、六十五の差があるから、お父さんは九十五歳……」

いつしか松も夢の中に溶けこんでいった。

翌日のこと。

「松よ、そろそろ上野の美術館や銀座の画廊に絵を見に行かないか。近頃の値段が知りたいのだ」

「お父さん、無理よ。少し間をおいてから行きましょう。城崎から帰ったばかりよ。またにしましょう。しばらく休養してから、体調の良い時を選んで行くことにしたら。わかりましたか」

「そうだな、松の言うとおりだ、そうするか」

と私は、あきらめて後日を期することにした。

# 入院

年をとって病気が出る様になった私は、ある日の夕方、突然、夕食を食べている最中に発作を起こした。救急車を呼んで病院に行くことになったのですが、どうやら脳の障害の可能性が強いので、脳外科のある病院に行く方が良いということになり、救急隊員が病院をさがして交渉を続けていました。やっと受けいれてくれる病院がみつかり救急車が動き出した。

途中とっぷりと日が暮れて、ようやく着いた所は聖天使病院という所でした。

早速、医師と看護婦さん達の働く様が目を引きました。病院の善し悪しは一にお医者さんですが、看護婦さんはもっと大事かもしれません。何しろ患者さんと一番多く接触するのですから。その人達の動作を見ればすぐわかると聞いていましたので、気をつけていました。

この病院はその点大変すぐれた病院とすぐにわかりました。看護婦さんの振舞いをみてまったく無駄がなく、親切で、患者に対する気配りもあり、機転も利き、気持ちが良い程働いてくれるのは見事なものでした。余程の訓練をしてこられたのでしょう。それが実を結んで、立派な看護婦さんになられたのでしょう。私は苦しいながらもいつしかベットで眠っていました。

松子は、入院に必要なものをとりに一旦家に帰ることにして、看護婦さんに後の事よろしくと頼み、車で戻りました。

夜が明けても、私は目を覚まさず、点滴が静かにぽたりぽたりと落ちるばかりでした。やがて主治医が診察のために三人の医師をしたがえ、そして婦長さんも一緒に見に来てくれました。胸には須磨と書かれている名札が私の目にとまりました。口が少しもつれるのですが、どうにか受け答えが出来ましたので、私も何とか面目を保てました。

先生はやさしく、

「どうですか、気分は」

「はい、ありがとうございます。右手がしびれて舌も少ししびれていますが、他は大丈夫です。少し言葉が言いにくいようですが」

と答えることが出来ました。

「これからいろいろと検査をして最善の手当をしますから、安心して気持ちを楽にしていて下さい。幸いに早くこられたので比較的軽い脳血栓と思いますよ。くわしい事はわかり次第、お知らせします。ゆっくり、養生して下さい」

と言って病室を出てゆかれました。

須磨先生と名札を見て早くも名前を頭に叩き込み、その人となりを見て立派な先生で良かったと、心からうれしく思いました。全てをまかせて天命をまつしかないとは思うのですが、もちろんこんな病気は今まで一度も経験もないだけに不安は隠し切れません。この種の病気は後遺症が必ずつきまとうので、それが心配です。

「おじいちゃん、点滴をしますよ」

と言って一人の看護婦さんがやって来て、手際よく点滴液の袋をつるして手に注射針をさしました。

「なれたもんだね」

と言ったら、

「そうでもないのよ、たまに失敗もありますよ」

と、その看護婦さんは笑いながら答えた。私はふと名札を見た。

「あなたの名前、珍らしいですね。何んと読めばいいのですか?」

「はい、あの私の名ですか、『コト』と言うの、変ってるでしょう」

と笑った。「小都」と書いて「コト」と言うのだそうで、珍らしいし忘れられない名ですねと、私も大きく頷いた。

その愛くるしい看護婦さんはまた笑って、「またね」といって部屋を出ていった。その表情に愛情を感じた私は「この子もやがて立派な看護婦さんとなる人」と早くも思っていた。年の頃は二十四、五歳、その立居振舞いは、その落ち着きといい、人をそらさぬ様子と言い、仲々のものです。後で聞けば、まだ二十一歳だそうです。高校を出てまだ三年でこれだけ人にやさしく接してくれ、態度も立派です。私は軽い驚きとともに「将来もっともっと大きく成長して下さいよ」と心の中で励ましの言葉をかけていました。

病院の朝は賑やかです。お膳を運ぶヘルパーさん達や夜勤あけの看護婦さん達が食事を患者さんのベッドに配膳したり、朝の様々な業務があります。別の看護婦さんが九時過ぎにやってきて、

「おじいちゃん、おはようございます。私もここの係です。今田と申します。よろしくね」

と挨拶をして点滴の交換をしてくれました。

「ちょっと痛いですよ」

「右手にしましょうか、少し長いのだけど。おしっこの方はどうですか」

「大丈夫」

「そう、それではやりますよ。何かあったら、これを押して下さいね」

とナースコールのボタンを渡たしてくれた。

この病院はよほど患者を大切にすることを教えていると見受けられ、今田さんもとてもやさしく接してくれます。婦長の上田さんの指導がいいからなんだろうと一人感心ばかりしていました。

上田さんもまだ若いのにとてもやさしい方です。松子に電話で連絡をした時、テレホンカードをなくしました。上田さんはこれでよかったら使ってちょうだいと、自分のテレホンカードをさり気なく渡してくれました。患者ばかりでなく、人を愛する事が基本的に出来ていると私には思われ、この婦長がここの看護婦さん達を育てたのだと感心するばかりです。

少しうとうとしていると、

「おじいちゃん、どう身体をふきましょうか」

と、タオルを三、四本持って来たのはまた別の看護婦さんでした。そして上半身をきれいにふいてくれて、私も大変さっぱりしました。下中と書いた名札が眼の前でゆれていました。私は、

「あなた、下中さん」

「ええそうよ」

「名はなんと言うの」

「美加と言うのよ」

「そう、いい名前だね」

気丈なつもりでもベットの人となったら気が弱くなるのか、人が懐か

しく感じるのでしょうか、次々と名前を覚え、しきりに声をかけてしまいます。


「おじいちゃん、起きてください」

「はい、ごはんですか」

「よく眠むっていたから起こしたの。昼眠ると夜眠られなくなるから起こしたの。昼ごはんではありません。おじいちゃんの昼ごはんはこれですよ」

と点滴を指さして、

「この中には、たくさんの栄養剤が一ぱい入っているので、御飯はいらないのよ」

「わかりました。貴女はなんという名前なの」

「私ですか、中本と言います」

「よろしくね」

「こちらこそお願いしますよ。ありがとうございます」


二日間は点滴で御飯はなしでした。

「おじいちゃん。今日はね、ＭＲＩの検査があるの。午後からよ。また来ますからね」

「ＭＲＩとか言ったが、その検査って何ですか、小都さん」

「あらもう私の名前を覚えてくれたのね。ありがとう。びっくりしたわ。おじいちゃん、ＭＲＩというのは脳の中に異状がないかを調べる機械よ。それを写真にとって、おじいちゃんの脳に悪いものがないかを見るためなのよ」

「わかりました。お願いします」

私は初めて聞く言葉に不安と興味とが入り交じって、少しばかり変な心地でした。昼過ぎに小都さんが私を迎えに来てくれました。

「さあ、おじいちゃん、車椅子に乗れるかなあ。それじゃ行きましょうか。すこしもこわくないから心配しないでね。少し音がしますが何んともないから、緊張しないで下さいよ。静かに寝ているだけでいいのよ。動いたらだめよ。わかりましたか」

「はい、わかりました」

と言ったものの、初めてのことで少しかたくなっていることが自分でもわかりました。力を抜いてと注意を受けて撮影が始まりました。

「結果は後でお教えしますからね。ご苦労様」

撮り終ってほっとしました。外には下中さんが待ってくれていました。

終って車椅子に乗せられて病室に運ばれました。

「明日から御飯が食べられますよ」

と食事のことを言われて、思わずにこっと笑みをもらす私でした。

点滴も朝夕二回だけとなります。「食事は今日から始めますよ」と言って朝は、おかゆとみそ汁に野菜のたいたもの、つけものとがのせられており、味はうす味でした。先生の指示で調理されたのでしょう。お腹がすいていたのできれいに食べてしまいました。そのうちに食べた膳を引取りに来て、

「おいしかったですか」

と見知らぬおばさんが声をかけてくれます。「はい」と答えて、私はまた感心していました。

ここの人達は皆、入って来る度に患者に必ず声をかけることを習慣づ

けられているようです。これが患者さんにとってどれだけ心強いことか。ちょっとしたことですが、感心するばかりでした。

明くる日は午後から松子が面会に来てくれた。

「お父さんいかがです？　気分はどうですか」

「ふん、まあまあだな。みんなよくしてくれるから気持よく療養が出来るよ」

「よかったね。いい病院でよかったね。私からも皆様にお礼を申しますわ」

看護婦さんが顔を出し、

「今日二時からレントゲンを撮りに行きますが、行けますか」

「はい、行けますよ」

「では後で迎えに来ますから、待っててね」

と詰所の方に行ってしまった。

午後二時にまたその看護婦さんが来て、

「それでは行きましょうか。胸とお腹のレントゲンよ。すぐ終わりますから、奥様、ちょっと待ってて下さいね」

と、私を車椅子に乗せてX線撮影に向かいました。後に残った松子は胸を撫でおろして、お父さんの後姿を眺めながら大した事もなくてよかったと安堵するのでした。

やがて十五分程で再び車椅子で帰って来ました。

看護婦さんは、

「つかれなかったですか」

と私に問いかけてくれた。

「少しもつかれなかったよ。ありがとうね」

「用事があったらコールを押して下さいね、奥さんお願いします」

と詰所の方に消えて行った。

その頃、詰所では四、五人残っていた看護婦さん達が松子のことで話がはずんでいる最中でした。

「ねえー、あんたどう思う。あの人本当に奥さんなの。私は違うと思うわ。お孫さんか一番下の子供さんでしょう。年が違いすぎるわ。どうみても三十そこそこにしか見えないもの」

「そうね、私もそう思うわ。だっておじいちゃんはカルテにも九十二歳とあるものね。六十位違うんじゃゃない？　そんな夫婦ってあまり聞いたことないわ。それにしてもきれいな人ね。小都さん、あんたどう思う。私なんか足もとにも及ばないわ」

「あら、謙遜しちゃって」

松子の出現で詰所の中は持ち切りでした。

そこへ松子が挨拶に現れたので、みんな一斉に驚いて、それぞれが顔を見合わせてびっくりした様子でした。

「皆様、私は武田の家内の松子と言います。この度は突然にお世話をおかけすることになりまして、誠に有り難うございます。皆様の心からの看護のお陰でおいおい回復に向っている様子で、私からも厚く御礼申し上げます」

と言って、植木鉢のきれいな花をどこかのすみにおいて下さいと差し出した。受けとった中本さんはただ驚いた様子で、

「ありがとう。御丁寧におそれ入ります」

「どうみんな、びっくりした？　やっぱり本当だったのね。奥さんて言

っていたわ」

松子の若い美しさに、皆は唖然とするばかりでした。

明くる日は午前中に先生の回診があり、

「大分よくなりましたね。来週火曜日に退院しましょうか」

「はい、わかりました」

「松よ、聞いたか。わりと早く退院出来るようだ」

「私はその用意をしますから、お父さんはゆっくりそれまで休んでいて下さいね」


やがてあっと言う間の入院生活の二週間がたって、退院の日が来た。

見送りに出た看護婦さん達は顔を見合せて笑いながら、

「ね、本当におどろいたわ。あのおじいちゃんに、あんな若い、しかも美しい奥さんがいるなんて、信んじられない」
「本当だね。孫のようよ。世の中には物好きな人もいるものね」
松子のことで話がはずんでいた。
小都さんをはじめ中本さん、今田さん、下中さん達の見送りを受けて
「さようなら、元気でね」とはげましの言葉に答えて手を振りながら、
車に乗り帰途についたのでした。
皆様の温情、愛情、自然にそなわったやさしさにはただただ感謝する
ばかりです。その看護婦さんの介護をうけて退院出来たことはうれしく、
私を心から喜ろこばせてくれました。
「本当に皆様ありがとうございました。心からお礼を申し上げます」

# リハビリ

琵琶湖を目の前に望む景観のすばらしい志賀の里という所がある。

そこに、新しく琵琶湖ケアハウス（健康な人でも老後の生活が楽しく、しかも快適に過ごせる五十名収容、六階建ての、夫婦でも入居出来る施設）がもってこいの憩《いこい》の場として出来ているのを知人が教えてくれました。

私は退院後しばらくは自宅で療養しておりましたが、鋭気を養おうと、リハビリに取り組もうと思い立ちました。

京都からは約三十分位で行けます。大津市と隣り合せの片田舎ではあるが、すぐそばには湖西線が通り、そこをＪＲが誇る大阪十二時〇分発の札幌行寝台特急が走ります。それは十輌連結の寝台と食堂列車で、名もトワイライトエキスプレスと名付られ、日本随一の豪華寝台特急列車です。列車が毎日一往復、目の前を通過する姿は、誠に見ごたえがあります。列車からも手を、そしてハンカチを振って、こちらに挨拶をする姿が見うけられるのも楽しい。

海のように広い琵琶湖岸沿いには松林が続き、遠くには観光船の白い姿が見えます。湖に浮かぶ四つの島をぬって遠くに浮かぶ竹生島に向かうのでしょうか。近くには水上スキーで若者達がスイスイと右に左にモーターボートに引っぱられて、湖面を行き来して楽しむのが手にとるように見えて心の安らぎを覚えます。

私は試みにケアハウスとは如何なるものか、ちょっと見学したくなって事務所に申込みましたら、快く引受けてくれました。その環境の素晴らしさにひかれて入所を決め、半年余りをめどにリハビリに入ることにしました。

この時、施設を案内してくれたのが、吉田知子さんという事務員でした。二十歳そこそこの方ですが、言葉遣いも丁寧で、はぎれよく、事細かく説明してくれ好印象を持ちました。

一階は事務所と大広間で、老人達のリハビリも出来、前の広場は中央には非常の場合に消防車が活動出来るようスペースが広くとってあり、その周辺に入所者や関係者の駐車場があります。年寄りの楽しみにと、空地に畑を作り、色とりどりの花を咲かせています。入所者の中には楽しそうに耕やし、水をやり種をまいている人もいました。

二階から五階までが入居者の居室で二間あり、簡単な炊事も出来、洗濯も自分で出来るようになっています。各階十二室は全部琵琶湖がながめられるような間取りに造られているのもここの特徴の一つです。六階は天然の温泉があり、湯につかり身体の疲れをとるのに絶好です。手足を伸ばし窓から見える湖面を眺めて話にうちとける姿はこの世の天国です。さらに普通の風呂もあり、アレルギーで温泉があわない人に配慮がなされているのも、うれしい限りです。

その隣りにはながめも抜群の五十人を一度に収容し、一流のコックさんが作る料理を食べることが出来る食堂があります。ベテランの職人の腕を堪能出来、格別においしく皆の胃袋を十分に満足させてくれます。

入所者のために楽しい食事を考えてくれる若き栄養士白川さんが事務所の仕事をしながらも嫌な顔ひとつせず頑張っているのには感心させら

れました。名前はるみさんと言い、皆から「るみちゃん、るみちゃん」と親しまれています。

また奥田和子さんという人がいて、介護員として活躍をしています。この子も若いのによく気がつき、私たちにとってとても有り難い存在です。

そういった環境の中で全てを切り盛りし、このハウスを大きく育てることを目標にしている方がいます。施設長の西浦真智子さんは絵から抜け出したような美人です。愛嬌もよく、色々な歌をカラオケでみずからマイクを手にして唄ってくれる姿は何よりの楽しみで、入所者全員に心から慕われています。そして中村勇一事務長がいます。あまり口は利きませんが心のやさしい方で、親切丁寧に皆の知らぬことの相談にのってくれます。ここは本当に恵まれた環境と言っていいでしょう。

私は松子と一緒に足をとめて絵を画いてみようと思いました。一年程滞在して描いたのが「三姉妹」「那智山」その他二、三点、いずれも満足のゆく出来だったと思っています。

「松よ」

「はい、何んです」

「どうだ、ここの暮らしは。お前さんは若いので、事務所の女の子とよく話をしている。大体の様子もわかったと思うが、年をとってから来る気はしないか」

「そうですね、何も言うことはありません。ただね、老人ばかりなのに若い事務員さんが仕事とは言えよく面倒をみて、みんな親切で心がやさしいわ。お父さんの言う愛と情けを自然のうちに身につけているから、毎日勤めることが出来るのだと思いました」

「そうかい松、えらい。私も感心していた所なのだよ。そんなふうに相手のことをきちんと見て、評価出来る人間だけが、本当の愛に巡り合えるのだよ。そういう出会いがまたよい勉強になって、人間は立派に育ってゆくのだよ」

「わかりましたわ。私ももっと勉強して、お父さんのためにつくしたいと思ってますのよ」

「そうか、それは良い心がけだ。忘れるなよ。それからもう一年近くたったので、そろそろここともお別れして一度家に帰るとしようか。長い間私の絵の仕事につきあってくれて、有り難う」

いつまでもここにいるわけにもいきません。いよいよ別れの日がやってきました。施設長の西浦さんがにこやかに、

「いきとどかなくてすみません」

と愛想よく玄関まで見送り、いつまでも手をふっていました。白川さん、和子さんも、

「さようなら、また会いましょうね」

と手をふり互いに別れを惜しみました。

志賀の里を後に一路京都を目指して帰途につきました。

このケアハウスの経験をさせて下さった西浦さんに心から感謝して、記念に絵を一つおいてきました。絵は宮島の大鳥居に夕日が沈む様子を画いたものです。五階の廊下に今も飾られていることと思います。後に残った人も絵をみれば私たちを偲んでくれるでしょう。

新らしく入所された方も、是非五階のフロアーにかけられている私の絵をごらん下さい。

「松よ」

「はい」

「私はこの度は良い勉強をしましたよ、何と言っても、人それぞれ愛があり、温かく受け入れてくれたことは、非常にうれしかった。まだまだ我が絵もすてたものではないし、至る所に愛があり、心配することもなさそうだね」

「そうでしたね、私もそのように感じましたわ。お父さんのように人を愛して人に接することって、本当に美しいわ。この世が平和そのものでいつまでも続くよう祈っていますわ」

「松もそう思ったか。お前もよく成長してくれたなー。ありがとう、私もうれしいよ。愛ある生活が人をおだやかにして争い事がなくなることにつながり、どこの地も同じように愛情に満ちた所になってほしい。それがいつまでも永く続くと、戦争もなくなるのだけどなあー。世界のどこかで争い事がおこっている今、困ったものだよね。しかしそうしたことにまきこまれないようにするのが大切で、日本を預かる政治家さん達に愛の心をもってと期待しておきましょう」

私は長の旅と思い出にふけりながら深い眠りにつきました。

# オークション

それから二週間後、

「持っている絵がかなりあるから、少し処分をしようと思うから松も一緒に来てくれ。スーパーを二、三日休ませてもらえぬか？」

「いいわよ。一人では無理だもの」

そして二人は新幹線で東京に向かった。

「松は東京は初めてだな。上野に行くのだ。上野の美術館は外国のものも展示しているから、参考になる。よく見ておくのだぞ」

二人は美術館で半日程過ごした。その後、銀座の画廊を二、三回って、今の絵の相場などについて情報を収集した。

「バブルの頃と違い、みな全体的に安くなっている。さすがに巨匠と言われる人のものは、そう下がってはいないようだ。日本画では横山大観、平山郁夫、竹内栖鳳なんかトップクラスで、やはり相当なもんだね」

「みな有名人ばかりなのね」

「なぜ日本人の方が低いのか分かるか。よく見ると、やはり同じ絵が多すぎて新鮮味がない」

「よく分ったわ」

「今度来るときは、それなりの絵をもってきて、ひと儲けするか」

画廊の人に名を告げ手続きを済ませて、次回の取引き、オークションに出品を依頼して帰ることにした。

「よし、今度はがんばって儲けるぞ」

「これで分った。新鮮味を求めている客が多いのに、相変らずの絵ばかりでは買い手も少ないはずだ」

「はい」

「今月二十日頃、二、三日行けるか」

「はい。行ってみます」

「『二重橋』という作品と、外人が好む富士山の春と秋の三点を先に宅配便で画廊に送っておいて、いつでも出せるようにしておこう」

　オークションが始まって中頃に私の春の富士山が出た。一斉に歓声が上がり、

「こりゃ、すごい。今まで、こんな絵は初めてだ。先生は、誰だ、名は

武田。無名に近いがこの人は外国では、すごく強い人と聞いているし、まんざらでもあるまい。どう思う」

「富士の絵でも、この絵は人を引きつけて、目を離させない激しさがあるね。これはすごいぞ。日本では初めての絵だ。高そうだぞ」

高らかに声がひびいた。

「画題は陽春の富士山、さあー始めは、五十万円から。百万、百二十万、百三十万、百八十万」

一気に上がり出したのは良い傾向です。さあ、次は三百万、これは少し早すぎる。要注意。

三百五十万、四百万、五百万、五百五十万。チョンと止め木が響く春にふさわしい、さわやかな競りでした。

次いでまた、私の二重橋がかけられた。

「始めます。この二重橋、普通の絵とは全然違います。美しく、画き方と構図が他の先生方と違って新鮮さがあります。さあ！　ゆきますよ。おいくらから！」

「八十万円」

百三十万、百八十万、二百五十、三百三十、三百五十万、チョン。もう一つの秋の富士が残っている。一つ他の画家の作品が間に入り、いよいよ最後の秋の富士の登場となりました。

「作品十五番、題名、緑と紅葉の富士山です」

この作品は会場を驚かすのに十分だった。

「この作品はある画会でグランプリの候補にものぼったものです。さあ一ぺんにいきましょう。三百万、五百万、八百万、千二百万、千二百五十万、決定です」

「まああの出来でしたね。今日はこれ位にして」

「出来たらもう一回位来てもいいね。しかし、女は無理かな」

松子は度胸があり、いけそうだ。しかし、もし、また儲かると癖になるからもちろんその辺は気をつけなければいけない。私は、係の人にチップを払っておいた。これが次に利く。その後は係が、手数料、税金など引いて、小切手でくれることになっている。

「帰りも新幹線で京都で降りて、お祝いをして家に帰り、また家で二人で祝おうね。それから喜美ちゃんの所の御土産を忘れるなよ。少しは張り込んでな。明日、持っていってよ」

「はい、わかりました」

京都でおいしい料理をゆっくり、くつろいで楽しもうと、二人の顔は、笑顔でいっぱいであった。

松子は、絵の取引というものを見たのは、初めてで、そのすばらしい迫力、ぐんぐんと迫り来る力強さに圧倒されて、身を乗り出して、手にはびっしょりと汗をかいていた。作品が落札されると、思わず声がとびだして、自分でもびっくりして、辺りを見回した。

売手の声が飛ぶ、

「さあ、どうだ！　ないか。チョン……」

と、それが呼吸のむつかしいところで、売手の人のかけ声が天井にこだまして、場内が張りつめる。場内に競りの声がここちよく響きわたる。普通の人では到底出来ない。長年の年の功とでも言うのか、あのしわがれた声が出るまで十数年はかかるだろうと思った。

松子は、日本一とまではいかないにしても、それにおとらぬ金持となった。一文なしの女が、おじいちゃんを知ったばかりに、何不自由ない生活を送れるようになったのだ。全ておじいちゃんのお陰と、改めておじいちゃんを大切にして暮らす事を今更のように心に誓うのであった。

翌日、珍らしい人が訪れた。

「まあ、珍しい。竹子さん、さあ上がって。おじいちゃん、喜こぶわよ。いつも貴女のことが、忘れられずに竹子はどうしているかなと心配ばかりしているのよ。余程竹子さんが好きでしたのでしょうよ」

「おじいちゃん、お元気ですか？　竹子です」

「よう、竹か、よく来てくれた。まあ、こちらに来て顔を見せてくれよ。少し痩せたのとちがうか。うまいものを食べとるか？　少しは、顔を見せに来てくれよ。淋しくて、かなわんわ」

「松ちゃんが、いるじゃないの」

「それは、そうだけど」

「たまには遊びに来てくれてもいいではないか」

「そうね。そうするわ。おじいちゃんも思ったより元気で私も安心したわ。松ちゃんが付いているから大丈夫よ」

「竹ちゃん、あなた、随分御無沙汰だっていうじゃない。一体どうしたの？」

「そうよ。あれはね、おじいちゃんから、『自分の好きな絵を一枚とれ。あげるから』と言って貰った絵が、会社で問題になって、上司に取られてしまったの。私、くやしくてくやしくて。その人ったら、これは、皆、おじいちゃんがしくんだ芝居で、絵が惜しくなって、取り返すためだと言うの。やる気なんてなかったんだ、君は騙まされたの、と言うんだもん。それから、私はおじいちゃんを憎みだしたわ。手紙が来ても返事は出さない、電話にも出ない。それどころか、おじいちゃんを死ぬほど憎んだわ。しかし、それは全て、私の思い過ごし、騙したのは上司の人で、おじいちゃんではなかったことが分かったの。それから会社を辞めて、介護の仕事をしているの。松ちゃんは、素晴らしい決断をしたね。こんなおじいちゃん世界中に一人としていないわ。年なんて関係ないわ。私も、そう思ったもの。松ちゃんに先を越されてしまって、私、くやしいわ」

この竹子というのは、以前、私の家の隣に住み、何かと私も気にかけていたのですが、その絵の一件以来、遠ざかってしまっていたのです。松子とも古くからの知り合いです。

「松よ、またもう一度東京に行こうか。これが最後かもしれない。お前に教えておこうと思ったから行くことに決めたよ」

「おじいちゃん、止めておこうよ。身体にさわるわ」

「いや大丈夫」

と言い、松が止めるのも聞かず、行くことにした。持って行く絵は、「厳島神社」と「初日の出の富士山」の二枚だけとした。

「松よ、売り手の声と動作に注意するのだぞ。小さな幅で動く時は、まだまだ決まらない。ちょっと大きくゆれて一声上がると、その次がねらい目だぞ。売った、チョンと来るこのこつを忘れるな。売り手と買い手のあうんの呼吸が一致する時だ」

最初は他の人の作品で、二番に上がって来たのが、私の「初日の出の富士」でした。

「皆さん珍らしい富士山の影絵です。元旦しかみられない初日の出と富士山を題材にをした、この作品は武田氏自信の作品です。参りましょうか？　三百万円から行きますよ。はい、三百万円！　三百二十万、三百三十万、三百五十万、三百八十万、四百万、四百三十万、四百五十万、チョン、四百五十万、チョン、四百五十万円でお買い上げ」

「次は、引き続いて同じく武田氏作『厳島神社』。西国に浄土ありと平清盛が築きあげた海に浮ぶ御社厳島神社。朱の入り組んだ廻廊とはるか沖に浮ぶ大鳥居。この度、世界遺産として選らばれたのも、むべなるかなです。厳島神社の全景です。さあ行きましょう。三百万円からです。ハイ、三百、三百五十、三百八十万、早いテンポで進みます。三百九十五万、ちょっと細かいです。ハイ、四百万、四百五十万、五百五十万、チョン、五百五十万円が出ました所で終りましょう。おめでとうさんです」

私にしては上々の売上げだった。

「松よ、やった」

「これはしかし、やはり男の仕事。私は恐いわ、いくらになったの」

厳島神社　五百五十万

初日の出の富士山　四百五十万

〆て壱千万円也

# 終焉

おじいちゃんは、東京行きがたたったのか、風邪を引いてしまった。それ以降、寝たり起たりの生活が何年か続いていた。松子は、つきっきりで看病に当っていた。それでも口だけは達者で、何でも言いつけるので、松子も少し安心していた。

松子はもう押しも押されぬ立派な奥さま振りで、献身的におじいちゃんの面倒を見ています。

「松よ、ちょっと来て背中を掻いてくれ」

「ここですか」

「もう少し下の方、そこそこ」

掻いてもらって、うれしそうに笑うおじいちゃんにも、どこか淋しい表情が見られました。

風邪をこじらせての入院生活も、松子は側に付き添い、おじいちゃんの顔をながめながら、つらつら昔の事を思い浮かべました。

いつも松子を可愛がってくれたおじいちゃん。苦しかった刑務所暮しの間も、泣いて、泣いて、涙をからすまで泣くのだ、そしたら後で楽になる、わかったかと励ましてくれた、おじいちゃん。

このまま死ぬのではなかろうかと松子は、悪い予感におそわれて身震いをするのでした。

「先生、どうかお父さんを助けて下さい」

と祈るのみだった。

「お父さん起きたの。私ね、お父さんが良くなったら、また東京に連れて行ってほしいの」

「だめだよ。松よ、あれは、やはり男の仕事だ。女では失敗するよ。止めときなさい。それより、小さな店でも出して、余生をおくる事にしろよ。それより松よ、ちょっと書いておいてくれ。もしも私が死んだら、不動産は前からお前の名義になっている。残る現金・証券・株券などの動産については、法定どおりの半分は松が継ぎ、残り半分の三分の一ずつを子供達に分けるようにしてくれ。明日あたり弁護士に相談に行きなさい。生きている間に署名するつもりでいるから、三人の子にも分けるのだぞ。所は知っているだろう。そして私がいつか助けた人には、もう残りの分は送金しなくてもいいと言ってあげなさい」

おじいちゃんは、何かを悟ったように言うばかりでした。

そうこうしている中に東の空が、あかあかと染まり出した。おじいちゃんの九十九歳の白寿の日の出です。

「おめでとう、おじいちゃん、九十九歳よ、もう一年がんばってや。百歳まで生きるのやで」

松子は東の空に向かって、手を合わせて心より祈るのでした。その手は心なしか震えているように見えました。

年の差もなんのその、松子とおじいちゃんの六十五歳の違いを越えた愛とは、こうしたものでしょう。愛情の深さ、尊さ、今更、驚かずにはおられません。

松子は、

「これでよかった、私のとった道は正しかった。私は幸せを掴んだ女でした」

　と、ひとり自分の幸せを噛み締めていました。

　二、三ヶ月経ったでしょうか、おじいちゃんの病は一進一退でした。
三月に入ってまもなく、

「今日は良い天気だなあ！　松よ、ちょっと来てくれないか」

「はい。ただいま」

「実はなあ、もしも、このまま、私が死ぬようなことがあったら、かねてより伝えてある寺に電話して来てもらうように。また知らせる所は前に言った通りに電話してくれれば良い」

「四十九日までは家にいてくれ。百ヶ日が過ぎたら四国の墓に行き骨を納め、志賀町の西安霊園の墓にも分骨してくれ。子供らが場所を知っているはずだから聞くといい。子供が反対したら、姪に連れて行ってもらいなさい」
二、三日後のことです。竹子さんが心配して見舞いに来てくれました。
「竹ちゃん、聞きにくいことなんだけど、なぜあの富士山の絵を手離したの」

「前にも言ったように、上司に騙されて取りあげられてしまい、後で、おじいちゃんが取り戻してくれたんだけれど、私、なんだか問題の絵がいやになっちゃって、おじいちゃんに返したの」

松子は、竹子の昔の話を聞いて、

「お父さんはね、あの絵は竹のものだ。絵を持って東京に行き、売ってその代金を小切手であなたに渡すように言われて、ずっと預かってたの。お父さんの気持をくんでやってよ」

「ありがとう。松ちゃん、喜んで頂くわ。それにしても大したお金ね。高価な絵とは聞いていたが、こんなに高価とは思いませんでした。こんな絵を、ちょっと私のような者まで、敵対ばかりしてきた私にくださるなんて、おじいちゃん、本当にありがとう」

と竹は泣きくずれるのでした。受け取った小切手には、なんと千八百万円也と打たれていた。

「おじいちゃんありがとう。竹はよろこんで頂きます。少しも、恐りもせず、私を愛してくれていたのですね」

涙は頬を伝い、とめどなく流れ出て、どうすることも出来ない竹子でした。やっと涙をふいて、

「松ちゃん、あの方は、仏様か神様のような方です。二度とこの世ではお目にかかれないでしょう。それはそうと、松ちゃん、もしかして武田

さんの持物の小銭入れのような小さな袋、ありませんでした。いつも持っていましたが」

「ああ、あれね、ありましたよ」

「その中に私の住所と電話番号が書いてあるはずです。見て下さいませんか」

「ああ、ありました。きちんと小さくたたんで、奥にしまってありますよ」

「どれ見せて。ほんと、あのままだわ、おじいちゃん、大切に持っていてくれていたのね」

と竹子は、また涙にむせぶのでした。

「その当時、私は、おじいちゃんを悪い人と吹き込まれていたものですから、悪口ばかり言っていたのに、おじいちゃんは、『竹ちゃんよ、お前の言っていることは、上司の命令で動いているにすぎない。私がいつ、悪い事をしたか。しっかり胸に手を当てて考えてごらん。そしたら私が、お前さんをどれ程愛していたか、わかる時が来ると思うよ。それまで絵を預かっておこう』といったの。あの方は、いつも先の事を考えてものを言うの。そしたら、その通りになってゆくので、びっくりして、この方は、普通の人ではない。余程の学識を具えていて、それに何かを持っている人と思いました。松ちゃん、年は離れていても、そんな人と一緒になれて良かったね」

と二人はしみじみとおじいちゃんの話で一時を過ごしました。

医師二人が、

「皆様、至急お集まり下さい。様子が急変しました。奥さん、早く来てください」

「ハイ、ハイ。お父さん、どうしたのです。どこが苦しくなったの」

「呼吸が苦しくなって来た。水を少し呑ませて下さいと言ってますよ」

「ハイ」

小さな水差しを持って、口にあてがって一口飲ませたら、少し顔を動かしましたが、これはもうお迎えの徴《しるし》のような気がして、松子は目に涙を一ぱい浮かべ、うつむいているだけでした。

横にいた竹子も、目を真赤にして泣き、鼻水をおさえていました。皆さそわれるようにすすり泣きの声がきこえています。

いやな予感につつまれて、時をきざむ秒針の音が聞こえる程、静かな中、突然に身体が動いた。

医師は、すぐに胸に聴診器を当てました。まだ心臓は鼓動を静かに打っているようで、ほっと胸をなでおろしては、互いに顔を見合せて一安心しました。

「ああよかった。しかし、もう永くはない」

この安心もつかの間、医師が、皆に近くに来るよう目で合図をする。

「水を、末期の水を。松子さん、早く、もうすぐです」

「はい」

「水を口にふくみ、口うつしに飲ませて下さい」

松子に続いて竹子も口うつしに一口飲ませてあげた時、時刻は五時十分でした。どっと泣きくずれる皆の泣き声は、天井にこだまして、すさまじきものでした。


誰からも愛されたおじいちゃん。天寿を全うして九十九歳をこの世に刻み残し、画いた絵は二百点。そのほかにも助けた人々は数えきれないという。

松子は左、竹子は右に、寝かされた頭の両側でただ泣くばかり。妻となるチャンスがあった二人。

亡くなったおじいちゃんは、安らかな顔をして、いとも満足という風にみえました。松子と竹子はまだ泣きじゃくりながら、次第に声も「アーアー」と大きくなっていきました。

二人にとって一生、忘れなれない深い影響を受けた人だっただけに、それを思い出しては、また泣きだすのも、無理からぬことでしょう。ハアアンアン、ハァ……と、ふとんに顔を埋めて二人共、目は真赤になっています。

「お父さん、なぜ死んじゃったの？　もう一年、生きて欲しかったのに。私、死んでしまうことが、こんなに悲しいとは思ってもいなかった。竹ちゃんも側にいるのよ。お父さん、幸せね。よかったね。あの頃の竹ちゃんを苦労から抜け出させるのに必死になったと言うじゃないの」

「ええ、その通りでした。私は不仲つづきで、よう踏み切りませんでしたが、おじいちゃんが届けてくれた婚姻届。その届は、私、まだ持っていますのよ。だから、松ちゃんに先を越されてしまったのよ」

「へえ、すごい、それ本当なの」

「私、何度も言いますけど、昔は随分、悪口を言って困らしたのにこれ程までに気にとめてくれていたとは、あの方は本当に仏様のような方ですわ。少し迷ったのだけれど、あの小切手も、ありがたく頂くことにします」

と涙にむせんでいます。

「松ちゃん、ありがとうございます。私のことまで心配をしてくれていたとは、何んて優しい人だったのでしょうね。あんな人、私、見たことありません。おじいちゃんがくれた別れの手紙、数年前に竹子の良い所はこうこうこうだと書いてくれた手紙。私の良い所だけを書いたもの、私、大切にしまっています。よかったわ、おいといて。良い記念になりました。すごく字もきれいで」

竹子は、まだ涙を流しています。

「死んでまで私のことを考えてくれていたなんて。昔は武田さんのことをののしりつづけて、悪口雑言の数々を言っていましたのに。あの人はおこりもせず」

「竹ちゃん、それは、貴女の思いちがい。お父さんは全然おこってなんかいなかったわ。むしろいつも竹子はどうしてるかなあ、なんて心配していたのよ。側の私がやきもちを焼くくらいよ」

「すみません、松ちゃん」

胸の内が晴れた松子と竹子は抱きあって泣くばかりでした。

お坊さんが来て枕経を読みあげる間、また涙が湧いてきて、徹夜で仏様をお守りする間も、話は尽きず、お父さんを偲んでいました。

いよいよ今日は御葬式、近くのお寺を借り切って用意はすでに出来あがり、仏壇の周囲には花が飾られ、また大広間も花で埋もれていました。外国からのメッセージと花輪もあり、東京絵画協会からの花束も大きく飾られていた。

外には長蛇の列が続き、そのうちにお坊さん十人ばかりの読経が始まりますと、焼香台に早くも線香の煙りがもうもうと立ち昇り流れてゆくのが、いかにおじいちゃんを偲ぶ人の多いかを物語っています。お寺を埋めつくした人は千人を超えたでしょう。焼香を終えた人が帰り始めても、会葬者の波は、まだ続いていていました。

松子と竹子の黒の喪服姿が一段と美しく、このしめやかな葬式に美しく輝やいてみえていました。

やがて、葬式も終りを告げ、参列の人々も帰り、ほっとした松子はさすがに疲れ切って、夕べから一睡もしていないことに気づき、しばし疲れをとるために横になりました。

一、二時間が過ぎて、すぐ近くにある山上の火葬場に行くことになりました。いよいよお別れの時です。

「それでは、皆様お別れです」

の声に鉄のトビラはガチャンと締められてしまいました。

「それでは明日、また、お骨上げに来て下さい。本日は御苦労さまでした」

と挨拶を受けたのを機に皆は腰を上げましたが、時間は無情にそして事務的に流れてゆくばかりでした。

疲れきった松子と竹子は、車で家にたどりつくなり、横になり、互いに顔を見合せて、やれやれと一仕事を終えた安堵の気持ちに浸っていました。

ちなみに葬式は、壱千万円を掛けた豪華なものとなりました。いよいよ、骨上げも終り、四十九日まで毎日お坊さんに来てもらい、朝、昼、晩とお膳をそなえるのも仲々の仕事。竹子も帰らず、お互いが仲よく働いて、うれしそうでした。故人の人柄がそうさせるのでしょう。

早いもので四十九日が参りました。

「私の指輪をお父さんの骨壷に入れておくわ。私を忘れないように」

と、松子は独り言のように言います。

納骨の用意も出来、いざ出発ということになりました。先頭の車には、子供達が案内役として乗り、次に松子に抱かれたおじいちゃんが、竹子に見守られています。車は名神道を西下、山陽道に入って明石大橋の上にさしかかりました。

松子は初めて大きな世界一のつり橋を見て、びっくりしていました。

「なんとまあ、大きな橋、こわいようだわ」

淡路島を縦断して鳴門海峡の渦潮を真下に見て、車は進みます。ごうごうと、大きな渦があちこちに見えます。

それから西に約三十分、ようやく長い旅も終わり、墓所に着きました。お坊さまはもう来ておられました。

皆、降りると真正面に一段と大きな墓があります。武田家先祖代々の墓と人の背丈より高く立派な御墓に松子は驚きを隠せませんでした。お骨を正面に置き、花や線香、お供物などが供えられ、お坊さまの読経が始まりました。「皆様、御焼香を」の声に促され、次々と焼香が進みます。

その煙りは田舎の澄んだ空気に良い香りをただよわせていました。やがて墓前祭も終りました。

「御苦労さま。それでは、お寺に立ち寄ってから帰ることにしましょう」

と、寺に寄り御礼を五十万円納め、次の西安霊苑の墓に分骨をするため子供たちは早々に失礼すべく同じ道を帰ることになりました。

「皆様ありがとうございました」

と、松子は御礼の挨拶をそれぞれの方にするなど、立派な奥様振りでした。

皆が帰った後、松子は再び御墓の前に佇みました。黒の喪服姿で、一心に拝む松子の横顔を真赤な夕日が照らしています。その美しい姿は誠に印象的で、目に涙をうるませている様はまさに女神が舞いおり、拝んでいるかのような錯覚を起こさせるようでした。側には竹子が寄り添うように一緒でした。

二人は家に帰り、

「二、三日、竹ちゃん、良かったら一緒にいてくれない。私一人ではとても淋しいのよ」

「いいわよ。私も、すぐ介護の仕事をするつもりだったけど、とてもそんな気持ちじゃないわ」

「それは、よかった。ゆっくりして。お疲れさま」

二人は同時に仏壇を見ています。にっこりと笑ったのは、何を意味するのでしょう。

おじいちゃんは先に竹子に愛情を感じていた。しかし竹子は上の人から力で切り離された。一方、松子は女子刑務所まで行って、おじいちゃんに助けられた。松子は、早くその愛情を受けとめて、自らもその愛情に応えるよう努力しました。そこが松子と竹子の違いであって、やはり愛情を受け止め、愛とは何かを極めた松子と雲泥の差が出来てしまったのです。

松子の方が素直であったことが、おじいちゃんの愛情なるものを分からせたのでしょう。

しかして竹子は介護の道へ進み、松子は小さな小間物屋を開き、どうにか店をかまえることになりました。

松子は一介の一文なしでしたが、相当の財産の持ち主となりました。金持になったのは竹子ではなく松子の方であった。この結果は、全て愛情の賜物であったと言えます。愛情がなかった竹子は、松子に負けたとは言え、おじいちゃんの大きな愛に包まれて、人並み以上のお金を手にすることが出来ました。これも先々を見通したおじいちゃんのお陰です。

竹子も愛情の何たるかを本当に知る時がやがて来るでしょう。

(了)

**著者プロフィール**

**山本 常之**（やまもと つねゆき）

1912年徳島県生まれ
大阪高等工業学校（現、大阪大学工学部）卒
南海鉄道、後、産経新聞社、日本工業新聞社勤務
定年後は絵画を趣味とする。



**愛情物語**

2003年10月15日　初版第1刷発行

著　者　山本 常之
発行者　瓜谷 綱延
発行所　株式会社文芸社
〒160-0022　東京都新宿区新宿1－10－1
電話　03-5369-3060（編集）
03-5369-2299（販売）

印刷所　神谷印刷株式会社





ISBN4-8355-6461-8 C0093